Besançon de Papy et Mamy Juillet 2021

ZEP

Titeuf 17

la grande aventure

Glénat

Du même auteur :

ÉDITIONS GLÉNAT

Titeuf *T1 à T17*
Le Monde de Zep
Titeuf a 20 ans
Le Guide du Zizi sexuel *(textes d'Hélène Bruller)*

Captain Biceps *T1 à T7 (dessins de Tébo)*

Comment dessiner ? *(dessins de Tébo)*

Les Chronokids *T1 à T6 (dessins de Stan & Vince)*
Les Grandes Inventions de l'Histoire
Esmera *(avec Vince) pour public averti*

ÉDITIONS DELCOURT

Happy Sex *T1 & 2*
Happy Girls
Happy Rock
Happy Parents

What a Wonderful World *T1 & 2*

ÉDITIONS HACHETTE

Les Minijusticiers *(textes d'Hélène Bruller)*

ÉDITIONS GALLIMARD

Carnet intime

ÉDITIONS RUE DE SÈVRES

Une histoire d'hommes
Découpé en tranches
Un bruit étrange et beau
The End
Paris 2119 *(dessins de Dominique Bertail)*

tchô !
je suis sur
les réseaux sociaux !

SUR FACEBOOK
facebook.com/TiteufLaBD

SUR INSTAGRAM
instagram.com/zetiteuf
zep_official

SUR TWITTEUF
twitter.com/Titeuf

ET MÊME SUR TIKTEUF !
tiktok.com/@titeuf

---

www.glenat.com

COULEURS : LAURENCE ET BRUNO CHEVRIER

Couvent Sainte-Cécile – 37, rue Servan – 38000 Grenoble

ISBN : 978-2-344-04527-5 / 001
Dépôt légal : juin 2021
Achevé d'imprimer en France en mai 2021 par Pollina sur papier provenant de forêts gérées de manière durable. 13216.

PEFC 10-31-2065 / Certifié PEFC / pefc-france.org

MAIS POURQUOI JE PEUX PÔ RESTER À LA MAISON ?
MORTAL DEAD ZOMBIES VI
dès 3 ans
PRESSE
PARCE QUE C'EST MIEUX D'ÊTRE À LA CAMPAGNE, AU GRAND AIR...
C'EST NUL, LE GRAND AIR ! Y'A BIEN ASSEZ D'AIR DANS MA CHAMBRE !
TU Y VAS !
MAIS POURQUOI VOUS M'AVEZ PÔ INSCRIT AU CAMP DE JEUX VIDÉO ?
... C'ÉTAIT COMPLET.
EEH OUI... IL N'Y AVAIT PLUS AUCUNE PLACE.
... ET SI JE VOUS DONNE TOUTE MA RÉSERVE DE CHOCO-MIAM ?
NON.
TU VERRAS, ÇA VA TE PLAIRE ! ... TU VAS TE FAIRE PLEIN DE COPAINS.
ÇA DOIT ÊTRE ICI !
C'EST PÔ JUSTE !
TOI NON PLUS, T'ES PÔ ALLÉ AU CAMP DE JEUX VIDÉO ?
BEN NON... C'ÉTAIT COMPLET.

AU REVOIR, LES ENFANTS !
ÇA VA ÊTRE GÉNIAL !
ELLE M'A DIT LA MÊME CHOSE LE JOUR OÙ ELLE M'A EMMENÉ À L'ÉCOLE
... DEPUIS, JE ME MÉFIE.
TU M'ÉTONNES.
SALUT ! MOI C'EST RONALDO... JE DEVAIS PAS ÊTRE LÀ, MAIS Y'AVAIT PLUS DE PLACES AU CAMP DE JEUX VIDÉO.
PAREIL.
PAREIL.
PAREIL.
HÉ, LES P'TITS !
ÇA EXISTE PAS, LE CAMP DE JEUX VIDÉO... VOUS VOUS ÊTES FAIT AVOIR...
QUOI ?!!!
C'EST UN TRUC DE PARENTS, ILS DISENT ÇA POUR NOUS INSCRIRE...
ET ENSUITE, COMME PAR HASARD, LE CAMP VIDÉO EST COMPLET...
... ALORS QU'IL N'A JAMAIS EXISTÉ !
C'EST PÔ VRAI ! TU DIS N'IMPORTE QUOI !!
AH OUAIS ? VAZY ! IL ÉTAIT OÙ, TON CAMP ??
HEU... BEN...
IL ÉTAAAIT...
HAHAHA ! TU VOIS !
HEU
ÇA VEUT RIEN DIRE...
MADAME !
?
IL SE PASSE OÙ, LE CAMP DE JEUX VIDÉO ?
"LE CAMP DE JEUX VIDÉO" ??
ÇA EXISTE PAS, ÇA.
... ET C'EST PAS "MADAME", C'EST LOUANNE.
LES JEUX VIDÉO, TU EN FAIS TOUTE L'ANNÉE... AU CAMP, TU VAS DÉCOUVRIR DE NOUVELLES CHOSES !
TU M'ÉTONNES... ÇA FAIT 3 MINUTES QU'ON EST PARTIS ET J'AI DÉJÀ DÉCOUVERT QUE MES PARENTS ÉTAIENT DES TRAÎTRES.
PAREIL.
PAREIL.
PAREIL.

MOI J'AI DÉJÀ FAIT LE CAMP DU BOIS DES OURS... J'PEUX VOUS DIRE QUE C'EST PAS POUR LES MAUVIETTES.
ON EST PÔ DES MAUVIETTES ! AVEC MANU, ON A DÉJÀ VU DES OURS !
AH BON ?
BEN OUI, TU TE RAPPELLES... LES OURS !
KLK
... EN PELUCHE ?
T'ES VRAIMENT UN BOULET, MANU !
BEN QUOI ?
HA HA
WAHA
ARK
ARK
ARK ARK
HI HI
HI HI
HA HA
HA HA
DE TOUTE FAÇON, ÇA M'FAIT PÔ PEUR !
TU DIRAS PAS ÇA QUAND TU DEVRAS SORTIR DE TA TENTE, LA NUIT...
... POURQUOI JE SORTIRAIS ?
POUR ALLER FAIRE PIPI.
QUOI ?! Y'A PÔ DE TOILETTES DANS LA TENTE ?
HA HA
HA HA
VOUS AVEZ L'AIR D'ÊTRE DES SUPER-AVENTURIERS, VOUS DEUX !
HI HI
ARF ARF
... VOUS VERREZ, LÀ-BAS, C'EST LA JUNGLE !
TU NOUS FATIGUES LE SLIP AVEC TA JUNGLE !
HÉÉÉÉ
CROUTCH
FUIS COINFÉÉÉÉ !
ON FERA PIPI DEHORS SI ON VEUT !
... ET ON S'ESSUIERA AVEC DES OURS.
BIEN DIT.

COUCOU, LES GARÇONS !
AAAAH !
THÉRÈSE ?!!
THÉRÈSE... MAIS QU'EST-CE QUE TU FAIS LÀ ??
BEN... JE ME SUIS INSCRITE AU CAMP DE JEUX VIDÉO.
IL EXISTE PÔ, LE CAMP DE JEUX VIDÉO ! ICI, C'EST LE CAMP NATURE ! ON FAIT PIPI AVEC DES OURS !!
C'EST MIGNON.
C'EST PÔ MIGNON ! C'EST LA JUNGLE !!
DES OURS ET THÉRÈSE ! MON P'TIT MANU, ÇA VA PÔ ÊTRE FACILE !!
DISTRIBUTION DE GOÛTER !
BANANE OU POMME ?
HEU...
C'EST VRAIMENT LA JUNGLE !
ALORS ?
HUM... Y'A PÔ DES CHOCOMIAM ? ...PARCE QUE JE SUIS UN PEU ALLERGIQUE AUX FRUITS...
HEU...
PAS D'ALLERGIES SUR TA FICHE, TITEUF...
AH ?
TIENS, PRENDS UNE POMME !
GLP
MERCI.
BEN DIS DONC... ELLE EN SAIT DES CHOSES SUR TOI !
PFF... PÔ DU TOUT.
TU VOIS CE QUE JE VEUX DIRE...
C'EST DES PROS, C'EST TOUT
HI HI HI
EN PLUS, ELLE EST HYPER VIEILLE ! CE SERAIT DE LA PÉDOPHILIE SEXUELLE DE LA POMME !
MOUAIS...
HI HI HI
...MON CHÉRI !
PFFF...
'SONT NULS !
ATTENTION !
GRAOU
EH OUI, C'EST LA JUNGLE !
PÔ DE PANIQUE...
JE TE PROTÉGERAI !
GRRRRRRRRR
VITE ! DONNE-MOI QUELQUE CHOSE À LUI LANCER DESSUS !
HEU...
Z.

ON N'A QUE DES POMMES ET DES BANANES.
ESPÉRONS QU'IL SOIT ALLERGIQUE !
POK
GROÔÔÔÔ
ON EST ARRIVÉS !
GRRRR
MON HÉROS
HEIN ?
VENEZ PAR ICI... JE VOUS PRÉSENTE VOS DEUX AUTRES MONITEURS : RUFUS ET SHIRLEY.
SALUT.
BONJOUR LA Z'ENFANTS ...
T'AS VU LA TRONCHE À RUFUS ?
OUAIS
... IL FAIT VACHEMENT PEUR !
IL A DÛ SE BATTRE CONTRE DES OURS... ET ON LUI A MIS DES AGRAFES !
ALLEZ DÉPOSER VOS SACS DANS LE MINIBUS... RUFUS LES APPORTERA AU CAMP.
ET NOUS ? ON Y VA COMMENT ??
NOUS Y ALLONS À PIED.
À PIED ?
C'EST LOIN ?
DEUX PETITES HEURES DE MARCHE.
DEUX HEURES ??!!
DEUX HEURES ?? MAIS... ON VA MOURIR !!
ON PEUT MÊME PAS APPELER LES SECOURS !
C'EST POUR ÇA QU'ON AVAIT PAS DROIT À NOS TÉLÉPHONES !!!
JE VOUS L'AVAIS DIT : C'EST LA JUNGLE !
ALLEZ ! ON SE DÉPÊCHE !

VOUS ÊTES FATIGUÉS
ON N'EST PAS FATIGUÉÉÉÉS
PFFF
VOUS ÊTES DES MAUVIETTES
ON N'EST PAS DES MAUVIETTES
J'AI AU MOINS DOUZE AMPOULES AUX PIEDS.
PAREIL.
RÂH!
ALLEZ, LA Z'ENFANTS... REGARDEZ LE NATURE, COMME IL EST BEAU !
AH OUAIS?
PIRE BEAU.
JE PARIE QUE DERRIÈRE CHAQUE ARBRE, IL Y A UN LOUP PRÊT À NOUS BOUFFER !
BRRR
PFFF
J'ARRÊTE LÀ. J'EN PEUX PLUS.
ALLEZ, VIENS...
LAISSE-MOI. JE PRÉFÈRE ENCORE ATTENDRE LES LOUPS ET EN FINIR ICI.
BON, OK.
CRAC
Z.

ATTENDEZ-MOOAAAAA!!
OH! WEGARDEZ! UN MAGNIFIQUE SAUTERELLE!
TETTIGONIA VIRIDISSIMA
...LE GRANDE SAUTERELLE VERTE.
IL EST TWÈS BON !
TRÈS BEAU.
ENFIN, C'EST UNE QUESTION D'ACC...
HÉÉÉÉÉ
ELLE L'A BOUFFÉE !!
C'EST PLEIN DE PWOTÉINES...
CHOMP.
...ET C'EST BON POUR LE PLANÈTE!
... PARCE QUE C'EST UNE NOURRITURE QUI NE PWODUIT PAS DE CO2 !
C'EST QUOI, LE CO2 ?
C'EST LE GAZ QU'ON REJETTE.
VOUS DITES QUOI?
...QUE T'AS INTÉRÊT À PÉTER SI TU VEUX PÔ QUE SHIRLEY TE BOUFFE !
GLP!
Z.

ON A FINI PAR ARRIVER AU CAMP...
BIENVENUE AU BOIS DES OURS !
EN FAIT, C'EST UN CAMP VERT.
ÇA VEUT DIRE QU'ON VA FAIRE PLEIN DE TRUCS VERTS...
COMME HEU...
MARCHER DANS L'HERBE VERTE.
Y'A AUSSI DES TOILETTES VERTES (AVEC DES MOUCHES VERTES).

UNE CABANE AVEC DES VIEILLES BOÎTES DE JEUX MOISIES (ET UN PEU VERTES) ...
C'EST LÀ, LES CONSOLES ?
NON, THÉRÈSE.
ON A PÔ ENCORE VU D'OURS... MAIS Y'A PLEIN DE MOUSTIQUES !
ALORS ? VOUS TRÔUVEZ ÇA COMMENT ?
VERT.

ON A FAIT DES GROUPES DE QUATRE:
RONALDO
JIMMY
MANU
ET MOI
APRÈS, ON A CONSTRUIT NOS TENTES.
C'EST PAS MAL, HEIN!
HEU ...
JE PEUX ÊTRE VERS LA FENÊTRE?
VOUS VOULEZ QU'ON VOUS AIDE, LES GARÇONS ?
VOUS AVEZ L'AIR D'AVOIR DU MAL ...
PÔ DU TOUT, PÔ DU TOUT ...
ON SE CHAUFFE !
UNE FOIS QU'ON ÉTAIT CHAUDS, ON S'Y EST REMIS.
JE CROIS QUE ÇA S'ENFILE LÀ...
GNN
...ET ON A RECONSTRUIT NOTRE TENTE...
SUPER, LES GARS.
OUPS
OÙ EST JIMMY ?
ON A EMMÉNAGÉ...
VOUS AVEZ UNE PRISE POUR LA CONSOLE DANS VOTRE TENTE ?
THÉRÈSE, CASSE-TOI !
QUELQU'UN SAIT OÙ EST PASSÉ JIMMY ?
ON A RETROUVÉ JIMMY...
AU S'COOURS!
ET MEEERDE.
...DU COUP, ON A RE-DÉMONTÉ LA TENTE ET ON L'A RE-RE-MONTÉE ...MAIS C'ÉTAIT FACILE, PARCE QU'ON ÉTAIT HYPER CHAUDS.
...ET PUIS, ON ÉTAIT CHEZ NOUS.
C'EST QUOI, CETTE ODEUR D'APOCALYPSE ??
OUARRK
IL DOIT Y AVOIR UN TRUC POURRI DANS UN SAC!
JE SENS RIEN.
Z.

C'EST TES PIEDS !!!
OUACH !!! ILS ONT DÛ POURRIR !!
FAITES PAS LES CHOCHOTTES ...
ON A MARCHÉ DEUX HEURES, ÇA PIQUE UN PEU... C'EST NORMAL.
C'EST ATROCE !! 'FAUT OUVRIR LES FENÊTRES !!
Y'A PAS DE FENÊTRE !
CELUI QUI A INVENTÉ LE CAMPING NE CONNAISSAIT PAS JIMMY...
POUR FINIR, ON S'ENDURCIT ET ON RÉSISTE...
ENCORE UN MENSONGE DES PARENTS : ON S'OXYGÈNE PÔ DU TOUT À LA CAMPAGNE !
HOU
?!? C'EST QUOI, CE BRUIT ?!
ÇA DOIT ÊTRE UN LOUP...
...OU UN OURS.
...OU UN TIGRE.
QUOI ?!!
...ET SI ON DOIT ALLER FAIRE PIPI ?
HOU
TU TE RETIENS, C'EST TOUT.
GLOUGLOUGLOU
GNiii
GNNiii
J'VAIS PÔ RÉUSSIR À ME RETENIR !!
MANU ! TU VIENS AVEC MOI ?
C'EST ÇA... POUR QUE JE TE TIENNE LE ZIZI ?
HIHI
HIHI
PÔ LA PEINE, J'AI TROUVÉ !
J'OUVRE JUSTE UN PETIT PEU ET JE PASSE JUSTE LE ZIZI...
FAIS PAS ÇA !
Z.

SI UN LOUP PASSE PAR LÀ, IL VERRA JUSTE UNE SAUCISSE QUI DÉPASSE...
MIAM!
... ET CROUTCH!
GLPS!
TU TE RETIENS, ET PIS VOILÀ.
REGARDEZ, LES MECS!
WAAA
UN TÉLÉPHONE ?!?
COMMENT T'AS FAIT ?!?
JE L'AI CACHÉ DANS UNE PAIRE DE CHAUSSETTES.
OUCH!
C'EST HYPER RISQUÉ !!
OUAIS, IL AURAIT PU FONDRE!
C'EST HYPER RISQUÉ PARCE QUE C'EST INTERDIT!
AAH D'ACCORD...
OH NON!
QUOI?!
Y'A PAS DE RÉSEAU !!
FORCÉMENT. LES OURS, ILS ONT PÔ DE WIFI!
PAS DE RÉSEAU!
NORMAL.
PAS DE RÉSEAU!
JE VAIS VOIR SI J'EN TROUVE DEHORS.
T'ES FOU!
ZWIP
HOU
HOOUU
TU TE RETIENS, PIS VOILÀ.
Z.

AU CAMP, LE CHEF, C'EST YANN...
SALUT LES OURSONS !!
SALUT YANN !!!
IL EST TELLEMENT BEAU !
OH OUIIIII !
IL EST PÔ BEAU DU TOUT,
... ET IL A UNE COIFFURE DE DÉBILE.
YAAAAANN
BEN QUOI ?
Y'A SHIRLEY-L'ANGLAISE... À PART QU'ELLE EST CANNIBALE DES SAUTERELLES, ELLE EST MARRANTE...
L'EAU FWOIDE, C'EST BON POUR LES TISSUS.
SI C'EST BON POUR LE TISSU, JE PIGE PÔ POURQUOI ELLE ENLÈVE SES HABITS.
JIMMY, TES PIEDS, ILS SONT PÔ EN TISSU ?
BEN NON, POURQUOI ?
LAISSE TOMBER.
Y'A RUFUS, IL EST PLEIN DE MÉTAL...
... ALORS ON L'APPELLE IRON-MONO.
SON SUPER-POUVOIR, C'EST QU'IL A DU RÉSEAU.
PAS TROP LONGTEMPS, HEIN !
MAIS COMMENT IL FAAAIT ??
ÇA DOIT ÊTRE SA FERRAILLE ...
ÇA FAIT COMME UNE ANTENNE.
JIMMY !
JIMMY, IL EST VRAIMENT TOXICOMANISÉ DU PORTABLE.
ET PUIS, IL Y A LOUANNE...
ATTENTION, JE VAIS TIRER !
ELLE EST DRÔLE...
ELLE EST SYMPA...
... ET ELLE EST VACHEMENT BELLE !
Z.

T'ES AMOUREUX ?
PÔ DU TOUT !
JE DIS JUSTE QU'ELLE EST BELLE... COMME JE DIRAIS QUE... HEU... LA NATURE EST BELLE.
OUAIS, MAIS LA NATURE, C'EST PLEIN DE MOUSTIQUES.
BEN ELLE, ELLE EST BELLE **SANS** LES PIQÛRES DE MOUSTIQUES !
VOILÀ.
À PART MANU ET MOI, Y'A RONALDO. IL A UN SUPER-POUVOIR DE COMBUSTION ATOMIQUE...
ATTENTION... FUSION THERMIQUE ...GNN
DÉGUEULASSE !
PROUT
... ÉVIDEMMENT, POUR APPRÉCIER, 'FAUT ÊTRE UN PEU SCIENTIFIQUE.
JIMMY ET SES PIEDS D'APOCALYPSE...
PAS DE RÉSEAU !
STELLA, QUI PARLE DANS LA FRÉQUENCE DES FOURMIS...
TU AURAIS PAS VU
SI TU LE DIS.
THÉRÈSE...
TRALALA
BEN... C'EST THÉRÈSE.
CRYSTEL, LA PRÉDATRICE DE DESSERT...
TU FINIS PAS TON ASSIETTE ?
JE L'AI PÔ COMMENCÉE !!
TRACY ET MARIE, QUI PARLENT **QUE** DE FOOT...
C'EST MARRANT, LES ARBRES...
... ON DIRAIT DES POTEAUX DE BUT AVEC DES FEUILLES.
TELLEMENT VRAI !
LÉO, QUI PASSE SON TEMPS À SUCER SA CASQUETTE...
SNUK
SNUK
LÉONTINE, QUAND ON PARLE AVEC ELLE, ON A L'IMPRESSION DE VENIR D'UNE AUTRE PLANÈTE...
SÉRIEUX ??? TU CONNAIS PAS KEVIN BOGOSS ??
DYLAN, QUI SUPPORTE PAS BIEN LE SOLEIL...
ÊÊÊRK ! Y'A UN MORCEAU DE DYLAN DANS MON ASSIETTE !!!
JULIE... JE L'AI PÔ ENCORE ENTENDUE PARLER...
Z.

EVA ET NABIBI, ELLES, JE LES AI BIEN ENTENDUES ...
NAN, MAIS DANS LE DERNIER FILM DE RYAN PECTO, J'HALLUCINE COMME IL EST TROP BG EN MODE WAOOW COMME SI IL ÉTAIT EN PARTICULIE
CARRÉMENT ! Y'A PAS PLUS WAOOW QUE LUI, À P PEUT-ÊTRE NORMAN DELISS KEVIN BOGOSS OU JUSTIN OVERLOVE DANS LA SCÈNE OÙ IL DANSE TORSE NU ET...
... ELLES POURRAIENT PARTAGER UN PEU AVEC JULIE.
ETHAN ET MOMO, ILS S'EXPRIMENT QUE EN RAP...
ON FAIT LE SON, FRÈRE... LE CAMP C'EST LA GALÈRE !
FLEX' LA VIE... RIEN À RÉCI !
OUAIS
BENG BENG
ON COMPREND PÔ TOUT... MAIS ÇA A L'AIR D'ÊTRE DES VRAIS DURS.
STIQUEMOU DANS LA TEUTEN, FRÈRE !
BENG BENG
... ET PIS Y'A ANTHONY...
SALUT LES OURSONS EN PELUCHE !
WOUHAHA HAHARK
PFUU... LOUANNE, ELLE EST TROP BONNE !
... JE LE HAIS
T'AS AUCUNE CHANCE AVEC ELLE !
TU PARLES ! CE SERA MOI QUI DANSERAI AVEC ELLE, À LA BOUM DU DERNIER SOIR !
... DES SLOWS BIEN COLLÉS... MMM
OH OUI
J'VAIS T'ARRACHER LA TÊTE POUR FAIRE UNE AGRAFEUSE !
AH OUAIS ? VAZY !
BASTON DANS LA TURNA !
BENG BENG
J'VAIS TE DÉSINTÉGRER TELLEMENT ... QUE T'EXISTERAS PLUS !
GRR
GNN
ARRÊTEZ !!
GNN
TÊTE DE SLIP !
ÇA VA PAS, LA TÊTE ?!!
POURQUOI VOUS VOUS BATTEZ ??
POUR RIEN.
POUR RIEN.
ALORS SI IL N'Y A PAS DE RAISON, FAITES LA PAIX !
C'EST MOI QUI DANSERAI AVEC ELLE !
ON PARIE ?
OUAIS ! ET CELUI QUI PERD MANGERA UNE SAUTERELLE TOUTE CRUE... ... FAÇON SHIRLEY !
PRÉPARE-TOI DÉJÀ À MÂCHER LES PATTES
EH BEN VOILÀ...
... FACE D'ANUS
C'EST MIEUX !
PÔV' TYPE !
REGARDE-LES... ILS SONT DEVENUS COPAINS !
T'ES TROP FORT !
BOF... BOF...
C'EST L'HABITUDE.

COMME C'EST UN CAMP VERT, ON NOUS APPREND DES TRUCS SUR LA NATURE...
TAK TAK
C'EST UNE PIC VERT.
TAK
IL TAPE LA ÉCORCE POUR FAIRE SORTIR LES LARVES D'INSECTES.
TU M'ÉTONNES QU'AVEC UN CASSE-BOULES PAREIL, TOUTES LES LARVES VEUILLENT DÉMÉNAGER !
ON A LE MÊME CHEZ NOUS, À L'ÉTAGE DU DESSUS.
... ÇA VALAIT BIEN LA PEINE DE VENIR JUSQU'ICI.
VOILÀ UNE BELLE FOURMILIÈRE QUI DOIT ABRITER UNE MILLION DE FOURMIS EN PLEIN TWAVAIL...
QUOI ?
DES RMIFOU.
AH.
SI ON TOMBAIT DEDANS, EN PEU DE TEMPS, IL NE RESTERAIT QU'UNE SQUELETTE TOUTE PROPRE
TOUT PROPRE ? ON DEVRAIT ESSAYER DE LEUR JETER UNE CHAUSSETTE DE JIMMY !
T'ES FOU ! ELLES SURVIVRAIENT PAS !!
Z'ÊTES CONS.
RHH RH
WEGARDEZ ! DES RESTES DE COQUILLE D'OEUF !
... IL Y AVAIT UNE MÉSANGE CHARBONNIÈRE LÀ-DEDANS.
FAIS VOIR.
OÙ ?
ON DIRAIT DES BOUTS DE DYLAN.
HOUU
C'EST UN OURS, ÇA ?
NON, EVA... LES OURS ONT TOUS DISPARU.
C'EST UNE CHOUETTE HULOTTE.
T'AS DIT N'IMPORTE QUOI !! Y'A PLUS D'OURS !
Y'EN AVAIT L'ANNÉE DERNIÈRE ...
... J'EN AI VU !
ILS ONT DISPARU DEPUIS LONGTEMPS, LES OURS ?
OH LÀ LÀ... AU MOINS 50 ANS ! ...
ON LES A TOUS CHASSÉS.
ET PAF ! MONSIEUR LE MYTHO-DU-SLIP !
J'EN AI VU !!
... DES PETITS.
HA HA
Z.

TOI, C'EST TON CERVEAU QUI EST EN VOIE DE DISPARITION.
BIEN DIT,
HI HI
OH !
ÇA, C'EST INTÉRESSANT ! DES CROTTES DE MUSARAIGNE !
TEU CRO
RAIGNE MUSA
BENG BENG
ET ICI ! ÇA DEVAIT ÊTRE UN TANIÈRE DE RENARD ! IL Y A ENCORE SON CACA.
...EN FAIT, C'EST SURTOUT UN CAMP BRUN.
ET LÀ...
URK ! URK ! R'GARDEZ !
?
PSSSSSSS
TSUNAMI !
URK ! URK !
C'EST NUL DE FAIRE ÇA !!
C'EST BON... ÇA LEUR FAIT UNE DISTRACTION.
CHLIK CHLIK
ET SI ELLES REMONTAIENT LE COURANT ET TE DIGÉRAIENT LE ZIZI JUSQU'À L'OS...
...ÇA TE FERAIT UNE DISTRACTION ?
PFFF...
Y'A PAS D'OS DANS LE ZIZI !
URK URK
T'ES VRAIMENT UN NUL, TOI !
ZWIP
ET DANS LES FESSES, Y'A UN OS ?
PROTCH
YARGLAAAÏÏÏÏ
C'EST QUOI COMME ANIMAL, ÇA ?

NON, JIMMY... JE NE TE PRÊTE PAS MES PIERCINGS.
BEN... QU'EST-CE QUE TU FAIS LÀ ?
JE BOSSE.
TU QUOI ?
J'APPRENDS DES TRUCS INTÉRESSANTS À DIRE À LOUANNE ...
"ALMANACH DES CURIOSITÉS" ?
TU SAVAIS QUE LE WOMBAT FAISAIT DES CROTTES CUBIQUES ?
...LE WOMBAT ?
C'EST UNE SORTE DE HAMSTER ...
ET AUSSI : IL EXISTE 898 POKÉMONS DIFFÉRENTS !
ÇA VA L'INTÉRESSER, ÇA ?
BEN... C'EST DES TRUCS POUR DISCUTER... POUR ÊTRE CONNECTÉS.
ELLE A DU RÉSEAU ?!
MAIS NON ! CONNECTÉS ENSEMBLE ! ET UNE FOIS QU'ON EST CONNECTÉS : HOP
...LE BISOU !
LE BISOU ?
TU DEVRAIS QUAND MÊME ESSAYER DE TROUVER DES SUJETS QUI INTÉRESSENT PLUS LES FILLES.
HEIN ?
C'EST QUOI, LES SUJETS DE FILLES ?
JE SAIS PAS, MOI... LES LICORNES, LES PONEYS, JUSTIN BOGOSS ...
LES SMARTPHONES ROSES !
HEIN ?
NON, TITEUF... JE NE CONNAIS PAS LA FORME DES CROTTES DE LICORNE.
Z.

AUJOURD'HUI, ON APPREND COMMENT ON FABRIQUE LE MIEL...
IL Y A PLUS DE 50 000 ABEILLES PAR RUCHE !
COMME DANS UN STADE DE FOOT.
CHUT
SHIRLEY... TU LES MANGES, LES ABEILLES ?
HIHIHI... NON, C'EST TROP PIQUANTE !
ALORS ?
ELLE LES MANGE PÔ, PARCE QUE C'EST PIQUANT.
MON PÈRE DIT QUE LES ANGLAIS, ILS AIMENT QUE LA CUISINE FADE.
ELLES PIQUENT, MONSIEUR ?
SEULEMENT SI ELLES SE SENTENT ATTAQUÉES.
IL NE FAUT PAS S'APPROCHER DES RUCHES SANS PROTECTION.
DANS UN AUTRE CAMP, UN ENFANT S'EST FAIT PIQUER LE ZIZI PAR UNE ABEILLE !
AÏE !
OUCH !
SON ZIZI A ENFLÉ, ENFLÉ... MAIS AUCUN MONITEUR N'AVAIT LE DROIT DE LUI METTRE DE LA POMMADE...
KAÏÏÏ
C'EST INTERDIT, À CAUSE DE LA LOI CONTRE LE PÉDOPHILISME.
BEN OUI, PARCE QUE NOTRE CORPS NOUS APPARTIENT...
C'EST L'ABEILLE, AUSSI ! QU'EST-CE QUI LUI PREND DE PIQUER LES PARTIES INTIMES ?
C'EST VRAI ! C'EST UNE OBSÉDÉE DU ZIZI SEXUEL !
CHUT
SI ÇA SE TROUVE, ELLE A RAMENÉ DU POLLEN DE SLIP... ET APRÈS, ELLE EN A FAIT...
DU MIEL DE ZIZI !
OUARK !
QUELQU'UN VEUT GOÛTER ?
EEURK !
ON A APPRIS PLEIN DE TRUCS SUR LES ABEILLES, PAS VRAI ?
OUIIIII !
TU PARLES !... ON A SURTOUT APPRIS QUE C'EST UNE BELLE BANDE D'OBSÉDÉES.
Z.

ALLEZ ! ON RAMASSE PLEIN DE BOIS MORT POUR LE GRAND FEU DE CE SOIR !
COMMENT JE FAIS POUR SAVOIR SI IL EST MORT ? IL PARLE PÔ ...
TAP TAP
LE BOIS MORT, IL EST PAR TERRE !
C'EST PAS POSSIBLE DE NE PAS SAVOIR ÇA !!
JE PARIE QUE LUI, IL SAIT MÊME PÔ QUE LES WOMBATS FONT DES CACAS CUBIQUES...
LE NUL !
TU CROIS QU'IL EST MORT, CELUI-LÀ ?
BEN ...
IL A PAS L'AIR DE PÉTER LA FORME, EN TOUT CAS ...
IL EST PAR TERRE, JE CROIS QU'ON A TROUVÉ UN CADAVRE D'ARBRE !
CHECK !
KLAK
JIMMY ? TU FAIS QUOI ?
CHUT
LAISSE TOMBER.
PLACE AU BOIS MORT !
R.I.P. LE BOIS !
C'EST BEAU, CE FEU...
MANU ET MOI, ON A TROUVÉ DU BOIS **HYPER** MORT !
C'EST BIEN.
... COMPLÈTEMENT DÉCÉDÉ, MÊME !
... ON A VÉRIFIÉ.
HIHI
VAS-Y ! PARLE-LUI DE LICORNES !
DEMAIN.
LÀ, J'AI DÉJÀ MARQUÉ ASSEZ DE POINTS.
... EN AMOUR, 'FAUT LAISSER MONTER LE DÉSIR.
Z.

DEBOUT LES GARS !
...HEIN ?
C'EST L'HEURE DU COMMANDO !
ON VA FICHER LA FROUSSE AUX FILLES !
MZXB ?
QUOI ?
HEIN ?
EN PLEINE NUIT ?!
BEN OUI, C'EST POUR ÇA QUE ÇA FAIT PEUR.
ON VA IMITER LE LOUP !
RH RH RH
LE LOUP ?
CHT
OUUUU
RH RH
... ELLES RÉAGISSENT PÔ DES MASSES.
ELLES ONT LE SOMMEIL PROFOND ...
ALLEZ ! ON S'Y MET TOUS !
RHRHHH
OUHOOUU !
HOU
FRR FRT
Y'A UN LOUP DANS LE BUISSON !!!
ON A TROP BIEN IMITÉ LE CRI ! IL A CRU QU'ON L'APPELAIT !
FRR FRRT
J'AI P...PEUR.
AAAAA AAAAAA
Z.

C'EST VACHEMENT PETIT, COMME LOUP...
C'EST LES PLUS PETITS LES PLUS DANGEREUX !
... COMME LES CHIENS.
SI ÇA SE TROUVE, C'EST UN BÉBÉ... ET SA MÈRE VA ARRIVER !
QU'EST-CE QUE TU RACONTES ?
MON TONTON, IL S'EST FAIT MORDRE PAR UN CANICHE... ÇA FAIT HYPER MAL !
LES COPAINS ...
... CE SERAIT PAS UN HÉRISSON ?
OUI ! C'EST CARRÉMENT UN HÉRISSON !
C'EST DANGEREUX ?
TU PARLES ! ÇA A DES PIQUES PLEINES DE VENIN !!
POURQUOI IL BOUGE PÔ ?
IL NOUS OBSERVE... ET IL VA NOUS SAUTER DESSUS D'UN COUP !
AAAAAAAH !!
HEUREUSEMENT QU'ON EST ALLÉS FAIRE PEUR AUX FILLES !
CLAIR !
SINON ELLES SERAIENT SORTIES ET ELLES SE SERAIENT FAIT PIQUER !
SÛR !
... ON EST TROP DES HÉROS !
LE MATIN, C'EST YANN QUI NOUS RÉVEILLE AVEC SON SAXOPHONE ...
POOUÂÂK
... MAIS QUAND IL JOUE, ÇA RESSEMBLE PAS TROP À DE LA MUSIQUE, PLUTÔT À UN CRAPAUD OU À UN ÉLÉPHANT QUI PÈTE.
PROOUAAK
C'EST HORRIB'
RÂH
APRÈS, AU PETIT DÉJEUNER, IL NOUS DEMANDE :
QUELQU'UN A RECONNU LE MORCEAU DE CE MATIN ?
NON
NON
NON
NON
NON
"BLUE TRAIN" DE JOHN COLTRANE !
C'EST DU JAZZ !
LES FILLES DISENT :
C'ÉTAIT TROP BEAU !
OUI.
BRAVO YANN !
... ET MOI JE ME DIS QUE SI LES OURS ONT DISPARU, C'EST PEUT-ÊTRE À CAUSE DU JAZZ.
2.

ON APPREND PLEIN DE TRUCS POUR SAUVER LA PLANÈTE...
ON RÉCUPÈRE LES ÉPLUCHURES DE PATATES LÀ-DEDANS...
...ET ON EN FAIT DU COMPOST.
PFF...
ÇA IRAIT PLUS VITE D'ÉPLUCHER DYLAN.
HÉÉÉÉÉÉÉÉ ! TU FAIS QUOI ?
JE METS TOUTE LA POMME DE TERRE.
C'EST DU BONUS.
L'homme regarde la fleur, la fleur lui sourit.
Kôan Zen
www.terrevivante.org
C'EST AUSSI D'ÉPLUCHER
PATATES POUR
LE REPAS !
ON PEUT PÔ PLUTÔT COMMANDER DES FRITES ?
NON ! ON PEUT PAS !
... ÉVIDEMMENT, SI ON VEUT PÔ QUE JE SAUVE LA PLANÈTE !
CROUI
CRR
VENIR PLUS GRANDS,
DRESSER LA TABLE...
ET LÀ ?
TOUJOURS PAS.
CUEILLIR DES FRAMBOISES...
HÉÉÉ ! C'EST POUR LE GOÛTER !
... ET ÇA MARCHE !
AÏE
T'AS DÉJÀ UN BIDE ADULTE !

LA VIE DANS LA FORÊT, C'EST PÔ POUR LES MINUS DU SLIP...
ON FAIT PIPI CONTRE LES ARBRES...
ET DZLÂ !! DISTRIBUTION D'ENGRAIS LIQUIDE !
...ET ON S'ESSUIE AVEC DES FEUILLES...
KYAAAAAAh
...MAIS PÔ AVEC DES FEUILLES D'ORTIE.
FRT FRT
VOUS FAITES QUOI ?
?
CASSE-TOI ! C'EST PAS POUR LES P'TITS !
LA VACHE ! ÇA PUE !!
VOUS FUMEZ LES CHAUSSETTES DE JIMMY ?!
C'EST DE LA LIANE. C'EST CE QU'ON FUMAIT À LA PRÉHISTOIRE !
PFFF
TU DIS N'IMPORTE QUOI ! LES CLOPES, ÇA EXISTAIT PÔ CHEZ LES HOMMES DES CAVERNES !
À CIM DE MÉFU !
AH OUAIS ? ALORS POURQUOI ILS SONT TOUS MORTS, MONSIEUR JE-SAIS-TOUT ?
J'PEUX GOÛTER ?
Z.

TU BOURRES LA TIGE SÈCHE AVEC DE LA PAILLE...
T'ALLUMES ...
... ET T'AS LE GOÛT SAUVAGE DU NÉANDERTAL !
PUFF
WASH !!!
C'EST FORT !
TU FUMAIS ÇA, ET APRÈS, TU TUAIS UN MAMMOUTH À MAINS NUES ...
À MOI !
REPASSE-LA-MOI !
... ET ALLEZ ME CHERCHER UN MAMMOUTH !
REURK
HÉÉÉÉÉ ! CAMP VERT !!!
AUJOURD'HUI : INITIATION À L'ESCALADE !
VOUS ALLEZ GRAVIR LE MONT DES OURS.
WAAA
ÔÔÔ
AAAH

C'EST PLUTÔT LE MONT DES SCHTROUMPFS, NON ? IL FAIT À PEINE DOUZE CENTIMÈTRES DE HAUT !
OUAIS, BEN MOI, ÇA ME VA...
PAREIL.
ALORS TITEUF, TU METS UN PAMPERS SOUS TON BAUDRIER ?
URK URK
PFEUH !
ÇA ME FAIT PÔ PEUR DU TOUT !
MOI, UN PEU...
AU S'COURS ! JE FAIS QUOI ?!
URK ! URK !
TU MONTES, DÉBILE !
TITEUF, AIDE-LE UN PEU !
C'EST CE QUE JE FAIS : JE LUI DONNE DES CONSEILS.
JE GLIIIISSE !
MAIS NON.
SIIIIII
WAOOW ! LA VUE D'ICI EST HYPER BELLE !
TANT MIEUX POUR TOI... PARCE QUE D'ICI, C'EST PÔ TERRIBLE...
JE SUIS ARRIVÉE.
BRAVO STELLA !
GROUILLE-TOI, JIMMY !
... SINON ON VA PASSER POUR DES NULS !
MAIS JE GLIIIISSE !
SI TU GLISSES, ENLÈVE TES BASKETS...
PIEDS NUS, C'EST PLUS FACILE !
HEIN ?
QUOI ?
NON !
YANN...
ATTENDS !
PLOK

JIMMY ! ACCÉLÈRE !!
URK URK
HI HI
JE ME SENS PÔ BIEN !
WOOOH ! C'EST TROP BEAU, ICI ! ON A ENVIE D'Y RESTER !
BON... BEN MOI, JE DESCENDS.
TU VAS VOIR... C'EST FACILE !
... JE T'AI FAIT LA TRACE !
ROOOOH...
C'EST HORRIB' !
... LE ROCHER SENT LE FROMAGE !
AU MOINS, LES PRISES COLLENT AUX MAINS.
ARGH !
VAS-Y, TITEUF ! METS BIEN TES MAINS DANS LES TROUS !
HYPER VIEUX
RÂÂH !
EMMENTAL
WOOHOOO ! C'EST LE PIED !!
HÉLAS...

AAAH ! IL AVAIT DES PELUCHES DE CHAUSSETTES ENTRE LES DOIGTS DE PIED !
JE VAIS VOMIR !
JE...
AA
AAA
...
KLONG
?
AAAÏÏÏÏE
DÉTACHE-MOAAAAA !
ATTENDS... J'ATTACHE MES LACETS
AAAAAAAAAAA J'AI UNE BOULE COINCÉÉÉÉÉE !
YANN ! Y'A TITEUF QUI A UNE BOULE COINCÉE, QU'EST-CE QU'ON FAIT ?
IIII
URK URK
HA HA
HI HI
TU DÉTENDS TON MOUSQUETON ICI...
ÇA VA, TITEUF ?
GG
GG
...
ÇA M'A ÉCRASÉ LES TESTICULES !
T'INQUIÈTE, ÇA REPREND SA FORME.
JE M'INQUIÈTE ! PARCE QUE J'AURAI DES SPERMATOZOÏDES TOUT PLATS, À CAUSE DE TOI !
...MAIS JE REMETTAIS MES BASKETS !
DANS LES SPERMATO-ZOÏDES, Y'A LE CODE GÉNÉTIQUE DES ENFANTS...
ELLE A DIT QUOI ?
LE CODE GÉNÉTIQUE DES ENFANTS... IL EST DANS LES SPERMA-TOZOÏDES, JE CROIS...
BEN VOILÀ ! J'AURAI DES ENFANTS TOUT PLATS !!
PAPA
MERCI JIMMY !
DÉSOLÉ...
Z.

VOUS AVEZ TOUS EN MAIN UNE CARTE POSTALE POUR ÉCRIRE À VOS PARENTS ...
ICI, VOUS METTEZ VOTRE ADRESSE... ET À GAUCHE, VOUS LEUR RACONTEZ CE QUE VOUS VOULEZ.
CE SERAIT PÔ PLUS SIMPLE DE LEUR ENVOYER UN TEXTO GROUPÉ ?
OUAIS
...
C'EST VRAI.
GENRE : "TKT SAVA"... AVEC UN SMILEY QUI FAIT UN BISOU ?
NON. VOUS ALLEZ LEUR ENVOYER UNE CARTE POSTALE.
VOUS LEUR RACONTEZ CE QUE VOUS FAITES ICI.
C'EST NOTÉ ?
NOT...?
HEU ...
MAIS NON. ON EST PAS À L'ÉCOLE !
COMMENT T'ÉCRIS "LA FEUBOU EST GUEULASSDÉ" ?
PFF
"PAS DE
"BOUFFÉ PAR LES OURS", C'EST AVEC "É" OU "ER" ?
HEIN?
"ON A PAS ÉTÉ BOUFFÉS PAR LES OURS - POUR LE MOMENT"
!?
COMME ÇA, ILS SONT RASSURÉS ...
MAIS P'TAAAIN ! VOUS N'AVEZ PAS UN SOUVENIR SYMPA À LEUR ÉCRIRE ?!!
QUAND ON A GRILLÉ DES SAUCISSES !
AH?
QUAND ON S'EST BAIGNÉS DANS LA RIVIÈRE !
OK.
C'EST BIEN, MANU, TOI, TU...
... ?
"C'EST COOL, Y'A PAS DE PÉDOPHILISME" ?!!!?
POURQUOI TU ÉCRIS ÇA ??
PARCE QUE C'EST VRAI.
VOUS NOUS TOUCHEZ PAS LES PARTIES INTIMES... ET ÇA, ÇA FAIT PLAISIR AUX PARENTS.
JE CROIS QUE JE VAIS LAISSER TOMBER L'ACTIVITÉ CARTE POSTALE !
J'ENVOIE UN TEXTO GROUPÉ AUX PARENTS ?
... AVEC UN SMILEY ?
Z.

DES FOIS, LA NATURE, C'EST TELLEMENT BEAU...
... QU'IL N'Y A PAS DE MOTS.
C'EST PRATIQUE POUR JULIE...
POUR STELLA AUSSI...
C'EST MAGNIFIQUE.
POUR EVA ET NABIBI, C'EST PLUS DUR.
T'AS VU LES CILS ? TU CROIS QU'ELLE A FAIT DES EXTENSIONS ?
CLAIR ! MA COUSINE A FAIT ÇA, C'EST HYPER EFF...
CHUT
WIZ, LA CHEUBI !
BENG BENG
CHT
ÇA ME DONNE ENVIE D'ÊTRE UN OISEAU ET DE ME POSER SUR ELLE.
...UN OISEAU QUI GARDE SES BASKETS ALORS !
LA NATURE, Y'A DES MORCEAUX DE POÉSIE DEDANS...
... ALORS TOUT LE MONDE RESTE SANS VOIX.
PROUT
... SAUF RONALDO.
Z.

AUJOURD'HUI, ON FAIT UNE ACTIVITÉ HYPER VERTE...
ON A DES BÉBÉS CHÊNES, ÉRABLES, HÊTRES. VOUS EN CHOISISSEZ CHACUN UN...
... VOUS FAITES UN TROU...
ET HOP !
DES BÉBÉS...
C'EST CHOU
COMPTEZ UN GRAND PAS ENTRE DEUX PLANTS...
COMME ÇA ?
COMME ÇA ?
COMME CHA ?
AUJOURD'HUI, VOUS PLANTEZ UNE FORÊT ...
QUI DEMAIN, GRÂCE À LA PHOTOSYNTHÈSE, TRANSFORMERA LE CO2 EN OXYGÈNE QUE L'ON RESPIRE !
PAS TROP PRÈS !
TU DOIS COMPTER UN GRAND PAS.
SINON, LA FORÊT, ELLE PEUT PAS POUSSER !
C'EST BON. DÉTENDS-TOI LE SLIP ...
JE FAIS UN GRAND PAS.
OUPS
!
PROUTCH
MAIS T'ES DÉBILE ?!!?!
T'AS ÉCRASÉ MON ARBRE !!!
J'AI PÔ FAIT EXPRÈS ...
Y'A TITEUF QUI ÉCRASE LES ARBRES !!!
C'EST LUI QUI L'A PLANTÉ TROP PRÈS ...
Z.

IL POURRA PLUS JAMAIS FABRIQUER DE LA PHOTOSYNTHÈSE D'OXYGÈNE ET ON MOURRIRA TOUS À CAUSE DE TOI !
J'TE DIS QUE J'AI PÔ FAIT EXPRÈS...
VOILÀ.
IL EST RÉPARÉ.
IL EST PAS RÉPARÉ DU TOUT !
TAP TAP
QU'EST-CE QUI SE PASSE ?
TITEUF... TU VAS PLUS LOIN.
MAIS...
HOP !
C'EST VACHEMENT GRAND, COMME PAS !!!
COMME ÇA, TON ARBRE AURA ENCORE PLUS DE PLACE POUR SE DÉVELOPPER...
AH OUAAAIS ! PÔ CON...
VAZY ! JE T'ARROSE À FOND ET TU DEVIENS IMMENSE !
RUFUS ! ... IL POUSSE MÊME PÔ !
AH NON... ÇA VA PRENDRE DES ANNÉES...
QUOI ?
EH OUI.
HAHAHA ! LE NUL ! 'FAUT ATTENDRE 20 OU 30 ANS POUR QUE CE SOIT UN GRAND ARBRE.
AH OUAIS ?... ET EN ATTENDANT, ON RETIENT SA RESPIRATION ?
BIEN DIT.
TU FAIS LE MALIN AVEC TA PHOTOSYNTHÈSE DU SLIP...
MAIS EN VRAI, T'ES UN MINUS DE LA CROISSANCE !
TU SAIS, IL PRODUIT DÉJÀ DE L'OXYGÈNE...
... MÊME TOUT PETIT.
AH ?
B... BON
OUI, IL LE FABRIQUE PAR SES FEUILLES. ALORS, C'EST ENCORE MINIME... MAIS QUAND IL SERA UN GRAND CHÊNE AVEC 50 000 OU 100 000 FEUILLES, IL DONNERA DE L'AIR PUR POUR PLEIN DE GENS.
WAAA !
PFF
PFF
PFF
PFF
PROUT
arbre de ronaldo

C'EST DINGUE !
ET LES WOMBATS FONT DES CACAS CUBIQUES !!
J'AI PLANTÉ HUIT ARBRES !
... MAIS JE ME SUIS UN PEU ARROSÉ LES CHAUSSETTES.
MANU, J'AI UN SUPER-PLAN !
AH BON ?
POUIK POUIK
POUIK
REGARDE.
WAAA !
T'AS UN CHÊNE QUI T'A POUSSÉ DANS LE ZIZI !!
PFF...
MAIS NON, DÉBILE !
... JE L'AI CACHÉ DANS MON PANTALON.
C'EST ÇA MON PLAN !
?
POUIK POUIK
ON VA LE PLANTER À CÔTÉ DE NOTRE TENTE !
... COMME ÇA, ON A UN FOURNISSEUR D'OXYGÈNE PRIVÉ !
... ET ON SURVIT AUX PIEDS DE JIMMY !
POUIK POUIK
T'ES UN GÉNIE !
J'AI PRIS UNE PELLE ...
ON LE MET OÙ ?
Z.

VERS NOS TÊTES! ON AURA DE LA PHOTOSYNTHÈSE PLEIN LES NARINES !!
OUAIS! ON VA S'OXYGÉNER À MORT !
GNN
C'EST ...DUR !
ATTENDS... JE T'AIDE...
À LA UNE ... À LA DEUX ...
GNN
TOK
?
ON DIRAIT UNE BOÎTE EN MÉTAL ...
POK POK
UN TRÉSOR !!?
ON A TROUVÉ UN TRÉSOR !!
QUI A BIEN PU L'ENTERRER ICI ?
... DES PIRATES !
ET COMMENT ILS SONT VENUS AVEC LEUR BATEAU JUSQU'AU BOIS DES OURS, LES PIRATES ?
C'ÉTAIT IL Y A DES SIÈCLES... LA MER VENAIT JUSQU'ICI ...
AIDE-MOI À L'OUVRIR !
C'EST UN CADENAS À CHIFFRES ...
COMME SUR MON VÉLO.
TU CROIS QUE LES PIRATES SONT VENUS À VÉLO ?
ALORS ?
... ÇA BOUGE PAS. C'EST TOUT ROUILLÉ ...
CROK
OUPS
TELLEMENT ROUILLÉ QU'IL M'EST RESTÉ DANS LA MAIN
GÉNIAL !
ATTENDS... J'AI PAS ENCORE TROUVÉ LE CODE ...
MANU ! ON S'EN FICHE, DU CADENAS !
HÉÉÉÉ

ON PEUT OUVRIR LA BOÎTE MAINTENANT...
GNN
CRRR
DES BILLETS DE BANQUE !!
1000 kloubis
ON... ON EST...
... HYPER RICHES !!
CHOCOMIAM
HÉ !
TITEUF !
QU'EST-CE QU'ON FAIT AVEC ÇA ?
Z.

IL FAUT COMPTER COMBIEN IL Y A !
C'EST FAIT. Y'A 200 000 BALLES !
200 000 !! WAHOOO ! ON EST MILLIONNAIRES !
HEU
OUAIS
IL FAUT LES CACHER QUELQUE PART...
DANS LES CHAUSSETTES DE JIMMY !
PERSONNE N'OSERA CHERCHER LÀ-BAS !
... MÊME PAS NOUS.
DÉJÀ, ON DOIT CALCULER COMBIEN ÇA FAIT POUR CHACUN !
IL FAUT DIVISER 200 000 PAR DEUX ...
ALORS ... HEU !!
VOUS FAITES QUOI ?
R... RIEN.
VOUS AVEZ TROUVÉ UN TRÉSOR ?
YANN !
BEN... HEU ...
ILS ONT TROUVÉ UN...
TRÉ...
CHUT
TAIS-TOI !
'FAUT RIEN DIRE ! C'EST UN SECRET !
AH ?
ON PARTAGE LE TRÉSOR TOUS LES TROIS ?
HEUU...
OH NOON... IL VA FALLOIR DIVISER 200 000 PAR TROIS !
ET ALORS ?
200 000 DIVISÉ PAR TROIS, ÇA MARCHE PAS. CE SERAIT PLUS FACILE SI ON ÉTAIT 200 À L'AVOIR TROUVÉ ...
HUM...
BON... THÉRÈSE... TU AURAS UNE PART DU TRÉSOR...
MAIS TU DOIS GARDER LE SECRET !
... TE TAIRE, COMPRIS ?
BEN OUI.
CHUIS PAS DÉBILE.
ON A UN TRÉSOR ON A UN TRÉSOR
LA LALA
ÇA VA PÔ ÊTRE FACILE ...

ESSAIE D'AVOIR L'AIR NATUREL...
HEIN ?
'FAUT PÔ QUE LES AUTRES SE RENDENT COMPTE QU'ON EST DEVENUS MILLIONNAIRES ...
AH... D'ACCORD.
QUI VEUT ENCORE DES ÉPINARDS ?
NON MERCI.
SI, SI, ON EN VEUT.
MAIS J'AI PLUS FAIM !
CHUT ! TU VEUX ÉVEILLER LES SOUPÇONS ?
'FAUT AVOIR L'AIR PAUVRE.
OUARK ! JE DÉTESTE LES ÉPINARDS !
MOI AUSSI... MAIS BIENTÔT, ON POURRA S'ACHETER DES PIZZAS DE 3 MÈTRES DE DIAMÈTRE...
ALORS ACCROCHE-TOI...
...ET RESTE NATUREL.
J'AVAIS DÉJÀ ÉTÉ NATUREL À LA PREMIÈRE ASSIETTE... PAS BESOIN DE ...
TITEUF ...
C'EST POUR TOI.
NON MERCI, J'EN VEUX PL... HÉ !
ÇA Y EST, T'AS EU L'AIR TROP PAUVRE ...
HÉÉÉ ! T'AS DU SUCCÈS DEPUIS QUE T'ES MILLIONNAIRE !
PFF... ELLE EN SAIT RIEN.
...ET ELLE A DEUX ANS DE MOINS QUE MOI.
LOUANNE, ELLE EN A DIX DE PLUS... ET ÇA TE GÊNE PAS.
C'EST PÔ PAREIL !
Z.

QU'EST-CE QUE TU VAS FAIRE AVEC L'ARGENT ?
J'VAIS ACHETER UNE MAISON AU BORD DE LA MER POUR MES PARENTS ...
... AVEC UNE CHAMBRE BLINDÉE POUR MA PETITE SOEUR ...
... COMME ÇA, ELLE POURRA PÔ VENIR DANS LA MIENNE !
AH OUAIS, PAS BÊTE !
ET TOI ?
MOI PAREIL. SAUF QUE MES PARENTS, LEUR RÊVE, C'EST D'HABITER À LA MONTAGNE. ALORS, J'ACHÈTERAI UN CHALET.
MH...
... UN CHALET EN BOIS AVEC DE LA NEIGE AUTOUR.
ET EN ÉTÉ, QUAND Y'A PLUS DE NEIGE ?
J'ACHÈTERAI UN CONGÉLATEUR GÉANT... ET ON CONSERVERA LA NEIGE DEDANS !
Z.

C'EST GÉNIAL !
OUAIS !
SAUF QUE...
... ON N'HABITERA PLUS LE MÊME QUARTIER.
AH OUAIS !
EH OUAIS...
TU SAIS QUOI ? J'ACHÈTERAI PÔ DE VILLA À LA MER ! MAIS PLUTÔT UNE TÉLÉ GÉANTE ET PLEIN DE JEUX VIDÉO À METTRE DANS MA CHAMBRE !
MOI PAREIL !
... SAUF QUE MES PARENTS, ILS SONT PAS D'ACCORD QUE J'AIE UNE TÉLÉ DANS MA CHAMBRE.
LES MIENS NON PLUS EN FAIT.
... C'EST PÔ SIMPLE D'ÊTRE RICHE.
MOI, JE M'ACHÈTERAI UN DÉGUISEMENT DE CROCODILE.
T'ES RICHE, THÉRÈSE !
TU PEUX T'ACHETER MILLE DÉGUISEMENTS DE CROCODILE !
J'EN VEUX QU'UN.
ALORS ACHÈTES-EN UN AVEC LES DENTS EN DIAMANTS !
ÇA EXISTE PAS.
DOUBLÉ EN PEAU DE TIGRE !
ÇA GRATTE.
PFF...
DIRE QU'ON LUI A DONNÉ LE TIERS DU TRÉSOR POUR S'ACHETER UN PÔV' DÉGUISEMENT À LA FIBRE DE SLIP.
MOUAIS
... ET EN PLUS ... ON SAIT TOUJOURS PAS COMBIEN ÇA FAIT.
Z.

LOUANNE A DÉCIDÉ DE NOUS APPRENDRE LE YOGA, POUR QU'ON DEVIENNE PLUS VERTS, MAIS À L'INTÉRIEUR DE NOUS-MÊMES...
VOUS ÉTIREZ TOUS VOS MUSCLES...
ET VOUS FAITES LE VIDE DANS VOTRE TÊTE.
LIBÉREZ VOTRE MENTAL.
THÉRÈSE EST HYPER AVANTAGÉE.
OUAIS
CHUT.
POSEZ VOTRE PIED DANS L'HERBE... IMAGINEZ QUE VOUS ÊTES UN ARBRE... VOS RACINES DESCENDENT DANS LE SOL.
... ET VOUS POUSSEZ VERS LE CIEL...
JIMMY, IL VA POUSSER PLUS VITE, IL A LES PIEDS EN COMPOST!
OUAF!
Z'ÊTES CONS.
... EN SILENCE.
LOUANNE! ÇA MARCHE PAS! J'AI PAS DE RACINE QUI SORT!
C'EST UNE IMAGE, THÉRÈSE...
BEN NON... Y'A PAS D'IMAGE NON PLUS.
THÉRÈSE, ELLE A TROP FAIT LE VIDE...
HI HI
HA HA
OUARF
HI HI
CHUT!
ON RESTE DANS CETTE POSITION.
ET ON INSPIRE PROFONDÉMENT.
J'AI DES FOURMIS.
C'EST PARCE QUE TU RESPIRES MAL.
NON, J'AI VRAIMENT DES FOURMIS.
¡¡¡¡¡
AAAH
JE FAIS QUOI!?
DYLAN! IL NE FAUT PAS SE METTRE SUR UNE FOURMILIÈRE!!
MAIS T'AS DIT DE PAS BOUGER.
ON SE CONCENTRE!
ON DÉTEND SES MUSCLES ET ON DESCEND...
... DOUCEMENT
Z.

... BIEN DÉTENDU ...
PROAA
T'ES DÉGUEULASSE !!
CHUT !
C'EST LOUANNE QUI A DIT DE SE DÉTENDRE ...
OUAIS, MAIS PÔ DE PARTOUT !
LOUANNE ! ON PEUT FAIRE PLUTÔT DU YOGA DES RACINES ET MOINS DE DÉTENTE DU TROU DE BALLE ?
OUAIS ! ... ET SANS FOURMIS, AUSSI ?
ÇA SUFFIT !! VOUS FAITES N'IMPORTE QUOI !!
ON ARRÊTE LÀ !
BEN ?
WOH ...
Gmmm INSUPPORTABLES mmm
QU'EST-CE QU'ELLE A ?
ELLE EST UN PEU NERVEUSE.
ELLE DEVRAIT FAIRE DU YOGA.
VOUS AVEZ LA TROUILLE
ON N'A PAS LA TROUILLE
BENG BENG
ON A PÔ LA TROUILLE, MAIS ON SE CAILLE LE SLIP !
GLA GLA
MOI, MON ZIZI S'EST CARRÉMENT REPLIÉ À L'INTÉRIEUR !
VOUS ÊTES SÛRS QU'IL NE PEUT PAS Y AVOIR DE CROCODILES ?
SI Y EN AVAIT, ILS SERAIENT SURGELÉS !
C'EST BEAU, HEIN !
VOUI
MOI, JE VOIS SURTOUT LE DEDANS DE MON CASQUE ...
Z.

ON ARRIVE À LA CASCADE !
... IL VA FALLOIR SAUTER !
GLP
G...
LES MECS, JE VOUS LÈGUE MON SMARTPHONE ...
YAHOOW !!
BRAVO SHIRLEY !
AU SUIVANT !
SI LES FILLES SAUTENT AVANT NOUS, C'EST LA HONTE !
C'EST PÔ UNE FILLE, C'EST UNE MONITRICE. ÇA COMPTE PÔ !
OUAIS
YIHAA
ON N'A PLUS LE CHOIX... FAUT Y ALLER !
OK VAS-Y !
ALLEZ, TITEUF ! TU FAIS UN PAS EN AVANT... ET TU LÂCHES TON PLUS BEAU CRI DE GUERRE !
GLPS
JE... JE VOIS TOUTE MA VIE DÉFILER...
VAS-Y !
HOP !
MÔMAN !!!
PLOTCH
HIHIHIHIHI
TROP BIEN, TON CRI DE GUERRE ! URK ! URK !
... EN PLUS, J'AI MÊME PÔ EU LE TEMPS DE VOIR MA VIE DÉFILER. C'EST NUL.
Z.

TU TE LAVES LES DENTS AU MILIEU DE LA JOURNÉE ?
MGLOUAIS
C'EST DÉCIDÉ : JE VAIS TOUT DIRE À LOUANNE !
TU VAS LUI AVOUER QUE T'ES MILLIONNAIRE ?!!
NON. PAS ÇA. JE VEUX QU'ELLE M'AIME POUR MA BEAUTÉ INTÉRIEURE !
C'EST POUR ÇA QUE TU TE BROSSES LES DENTS ?
LAISSE TOMBER.
LOUANNE ? ...
LOU...
ZZIP
LOUANNE !
ELLE... ELLE...
ELLE QUOI ?
ELLE SORT AVEC RUFUS !!
AVEC IRON-MONO ?!
QUOI ?!
C'EST PARCE QU'IL A DU RÉSEAU.
T'ES SÛR ?!
JE LES AI VUS !
IL ÉTAIT DANS SA TENTE !
Z.

IL CHERCHAIT PEUT-ÊTRE UN TRUC ?
IL AVAIT L'AIR DE CHERCHER SA LANGUE !
NOOOON...
IL S'ÉTAIT LAVÉ LES DENTS ?
J'EN SAIS RIEN !
ON S'EN FICHE !!
C'ÉTAIT POUR SAVOIR SI C'EST OBLIGÉ...
COMMENT IL A FAIT POUR LA SÉDUIRE ?
Y'A DES GENS QUI ONT DU MAGNÉTISME... ILS ATTIRENT LES AUTRES COMME DES AIMANTS.
C'EST À CAUSE DE SES BOUTS DE MÉTAL !
SI ÇA SE TROUVE, ILS SONT EN TRAIN D'AVOIR UN RAPPORT DU ZIZI SEXUEL À DIX MÈTRES DE NOUS !
DÉGUEULASSE !
ÇA LUI SUFFIT PAS DE PLANTER DES ARBRES, À ÇUI-LÀ ?
BIEN DIT !
ALLEZ... C'EST PAS GRAVE ...
MA VIE EST FOUTUE.
MAIS NON.
T'ES PÉNIBLE, AUSSI... À TOUJOURS TOMBER AMOUREUX !
ET TOI ? POURQUOI TU L'ES JAMAIS ??
J'SAIS PAS... C'EST POUR PLUS TARD, QUAND ON SERA OBLIGÉS.
MAIS LÀ, ÇA SERT À RIEN.
PFOUAA...
EN PLUS, T'AVAIS QU'UNE SEULE HISTOIRE DE LICORNE...
... ÇA AURAIT PAS TENU LONGTEMPS.
MOI, MON GRAND FRÈRE, DEPUIS QU'IL A UNE AMOUREUSE, IL TOUCHE PLUS À SA CONSOLE... ET IL PREND DES DOUCHES TOUS LES JOURS !!
OUAK !
TROP NUL !
ET TOI, JIMMY ?
MOI, MON FRÈRE, IL A UN AMOUREUX.
AH ? ET C'EST COMMENT ?

"C'EST COMMENT"? C'EST PAREIL !
.. SAUF QU'IL EST MOMOSEXUEL !
AH..
OK
MAIS C'EST MIEUX QU'AVEC UNE FILLE ?
LA MÊME CHOSE : IL NE TRAÎNE PLUS QU'AVEC SON AMOUREUX ...
ET IL A AUSSI EU LA MÉTAMORPHOSE DES DOUCHES.
MOCHE.
ET EN PLUS
... IL MET DU PARFUM !
OUAK !!
JIMMY ?
QUOI ?
TU VOUDRAIS PÔ QUE TES PIEDS SOIENT AMOUREUX ?
HIHIHI HIHIHI
Z'ÊTES NULS.
POUAAKK
ÇA VA, CE MATIN, TITEUF ?
MMM
POUÂÂK
SALUT LES ENFANTS, BIEN DORMI ?
SALUT RUFUS.
COUCOU !
'LUT

ILS SORTENT DE LA MÊME TENTE !!!
BEN OUAIS.
ÇA VEUT DIRE QU'ILS ONT COUCHÉ ENSEMBLE...
PÔV' VIEUX !
ET ATTENDS... D'ABORD, IL LUI FAIT UN TROU AVEC SON ZIZI SEXUEL ... ET L'ÉTAPE D'APRÈS...
ÔÔÔ
... ILS ONT UN PIERCING EN COMMUN !
ON SE LOVE !
AAAAAH !
LAISSE TOMBER ! TU VAS PAS AVOIR UNE AMOUREUSE D'OCCASION ...
AVEC DES TROUS.
J'AI MÊME PLUS LA FORCE DE ME LAVER LES DENTS !
HEU... LAVE-LES QUAND MÊME
... ET T'AS TOUJOURS MINIMEUF QUI EST FOLLE DE TOI !
SALUT TITEUF !
DEMAIN, C'EST LA BOUM ! ON DANSERA ENSEMBLE !
OH LALA...
T'ES UN TOMBEUR !
J'AIMAIS MIEUX QUAND ON COMPRENAIT RIEN À CE QU'ELLE DISAIT.
TITEUF ! C'EST À NOUS DE DRESSER LA TABLE.
J'VEUX MOURIR !
WOH... L'EXCUSE NULLE.
C'ÉTAIT PEUT-ÊTRE LA DIFFÉRENCE D'ÂGE QUI GÊNAIT LOUANNE ...
T'AURAIS DÛ LUI DIRE QUE T'ÉTAIS MILLIONNAIRE.
PFF...
LES GENS RICHES, ILS ONT PAS DE PROBLÈME AVEC L'ÂGE...
TU CROIS ?
Z.

MC PUFF GRANDADDY, IL A 40 MILLIONS ET IL A UNE FEMME DE 40 ANS DE MOINS QUE LUI.
IL S'EN FICHE.
ÇA FAIT UN AN PAR MILLION !
ÇA MARCHERA PÔ ! J'AI MÊME PÔ UN MILLION !
OH LÀ LÀ...
MANU, SI T'ES MON AMI... DONNE-MOI TA PART.
HEIN ?
MON PÈRE AVAIT RAISON : LES RICHES, ILS VEULENT TOUJOURS ÊTRE PLUS RICHES !
ÇA A RIEN À VOIR !
... C'EST POUR L'AMOUR !
L'AMOUR, TU PARLES ! J'INVESTIS PAS DANS UNE FEMME AVEC DES TROUS.
T'ES PLUS MON COPAIN !!!
DEPUIS QUE T'ES RICHE, T'ES DEVENU NUL !!!
OUAIS, BEN TOI AUSSI !
?
TU PRENDS PAS LE PETIT-DÉJ', TITEUF ?
J'EN VEUX PÔ DE VOTRE PETIT-DÉJ' AU MIEL DE SLIP !!!
Z.

'TOUTE FAÇON, J'M'EN FOUS !

LAISSEZ-VÔS INSPIRER PÂR LE NATURE !
OH NOOON ! Y'A UNE FEUILLE QUI EST TOMBÉE SUR MA PEINTURE !!
OUIIII !
TWÈS BON IDÉE !
COPIE PÔ !!
PFFF
TWÈS BIEN, MANU !
TWÈS BEAU RELIEF !
"TWÈS BIEN" ?! C'EST PÔ DU TOUT TWÈS BIEN ! ON DIRAIT UNE BOUSE DE TRICÉRATOPS !!
TU DIS ÇA PARCE QUE TU N'AS AUCUNE SENSIBILITÉ ARTISTIQUE !!
ET QUE T'AS PAS DE RELIEF, COMME TES SPERMATOZOÏDES TOUT PLATS.
J'AI AUCUNE SENSIBILITÉ, MOI ?!? REGARDE LE BARBARE QUE J'AI DESSINÉ, COMME IL EST SENSIBLE !
C'EST NUL.
J'EN AI DES TONNES, DE LA SENSIBILITÉ ! CE QUI SORT DE MOI, C'EST DU JUS DE SENSIBILITÉ !!!
AH OUAIS ?
MONTRE, POUR VOIR ...
D'AILLEURS, TOI, JE TE VOIS PLUS BLEU !
SPROTCH
JE VAIS TE PICASSOTIFIER LA TRONCHE !
YAHAA !
GOÛTE MA SENSIBILITÉ !
ENCORE UN PEU DE ROSE ?
BWAVO ! BWAVO ! TWÈS LIBRE !!!
... ON EST TROP DES SENSIBLES.

LA DOUCHE VERTE, C'EST COMME ÇA :
ON FERME LES YEUX !!
ENSUITE, ON SE SAVONNE ...
PERDS PÔ DE TEMPS AVEC LES OREILLES, JIMMY ...
FROTTE LES PIEDS !
?
RINÇAGE !!
KEUF KOFF KRRR
REUH !
TU T'ES FAIT AVOIR COMME UN DÉBUTANT !
CHUIS PÔ DU TOUT UN DÉBUTANT ...
J'AI DÉJÀ PRIS DES DOUCHES !
TU VEUX VOIR UN TRUC PORNO ?
HEIN ?
QUOI ?
LA DOUCHE DES FILLES !!?
VOUS FAITES QUOI ?
CHUT !
FAUT ALLER PAR LÀ.
RIEN !
VOUS ÊTES PRÊTES, MESDEMOISELLES ?
ET VOILÀ.
WAAA
Z.

D'ABORD JE NETTOIE LA ZONE !
VOUS ÉTIEZ OÙ ?
À LA DOUCHE !
POUICH POUICH POUICH POUICH
DEUX DOUCHES PAR JOUR !!!
IL EST GRAVEMENT AMOUREUX !
VOUS ÊTES FÂCHÉS, AVEC MANU ?
GRMBL
PARCE QUE D'HABITUDE, VOUS FAITES TOUT ENSEMBLE... ET LÀ, TU VIENS FAIRE LES COURSES SANS LUI
MANU, C'EST PLUS MON COPAIN
QU'EST-CE QUI S'EST PASSÉ ?
JE PEUX PÔ EN PARLER PARCE QUE C'EST UN SECRET.
EN TOUT CAS, C'EST GENTIL DE VENIR ME AIDER...
STELLA, TU PEUX TE POUSSER UN PEU ?
ON FAIT DEUX ÉQUIPES : VOUS, VOUS PRENEZ TOUT CE QUI EST SUR CETTE PAPIER...
EPICI
ON PEUT SE DONNER LA MAIN ?
AAAH !
LÂCHE-MOI !!
ON VA PLUTÔT FAIRE TROIS ÉQUIPES.
TOI, TU VAS CHERCHER ÇA !
CRTCH
Z.

M'SIEUR... J'AIMERAIS UN CHOCOMIAM !
MM
JE L'AJOUTE SUR LE COMPTE ?
NON.
JE PAIE AVEC ÇA !
1000 KLOUBIS
1000 KLOUBIS ?
JAMAIS VU ÇA ...
TU L'AS EU OÙ ?
HEU ...
ATTENTION ! IL ESSAIE DE TE FAIRE PARLER !
... NE TOMBE PÔ DANS LE PIÈGE !
LE TRÉSOR DE LA MAFIA DU BOIS DES OURS ! MERCI DE L'AVOIR RETROUVÉ POUR MOI !
QU'EST-CE QUE VOUS ALLEZ FAIRE DE NOUS !?
JE VAIS VOUS FAIRE DISPARAÎTRE DANS CETTE FOURMILIÈRE !
MANU !!! NOOOON !
ARK ARK
CROUTCH
CROUTCH
POC
ET S'IL RESTE QUELQUE CHOSE, MA COMPLICE, MISS SHIRLEY, S'EN CHARGERA.
MIAM
AAAH !
KLOUBIS... C'EST L'ANCIENNE MONNAIE SUD-OUZBÈQUE.
... ÇA N'EXISTE PLUS DEPUIS VINGT-CINQ ANS.
ÇA ... N'EXISTE PLUS ?
NON, MAIS TU DOIS POUVOIR L'ÉCHANGER DANS UNE BANQUE.
1000 KLOUBIS, ÇA VAUT... 0,08 EURO... 8 CENTIMES.
TITEUF TOWER
8 CENTIMES !
EH OUI... ÇA FAIT PAS BEAUCOUP.
TIENS, JE T'OFFRE LE CHOCOMIAM ...
CREDIT
C'EST BON, LES ENFANTS ? VOUS AVEZ TOUT ?
POUF POUF
SHIRLEY ?
OUI ?
ÇA FAIT COMBIEN : 8 CENTIMES X 200 ?
Z.

MANU... TU FAIS QUOI ?
LAISSE-MOI TRANQUILLE !
JE FAIS LES PLANS DE MON CHALET !
...
D'AILLEURS, J'AJOUTE UN HÉLIPORT !
PAF !
LAISSE TOMBER L'HÉLIPORT...
...PARCE QU'IL N'Y A PLUS DE CHALET.
HEIN ?
NOTRE TRÉSOR, IL VAUT 16 EUROS.
QUOI ?!!
...À PARTAGER EN TROIS.
OH NOOOON !
CHUIS DÉSOLÉ.
...EN PLUS, 16, ÇA SE DIVISE TOUJOURS PAS EN TROIS !
ON EST MAUDITS !
DU COUP, ON N'A PLUS DE RAISON D'ÊTRE FÂCHÉS ?
T'AS RAISON.
T'ÉTAIS DEVENU DÉBILE PARCE QUE T'ÉTAIS RICHE...
C'EST TOI QU'ÉTAIS DEVENU DÉBILE !
MOI ?!!
MON COPAIN !
TU SAIS QUOI ? ON VA DONNER LE TRÉSOR À THÉRÈSE. COMME ÇA, ELLE POURRA S'ACHETER SON DÉGUISEMENT...
...ET EN PLUS, ON AURA PAS BESOIN DE FAIRE LA DIVISION.
T'ES UN GÉNIE, MANU !
LE TRÉSOR, C'EST L'AMITIÉ.

BAIGNADE POUR TOUS !!
C'EST OÙ, LES VESTIAIRES ?
Y'A PAS DE VESTIAIRES, JIMMY ...
TU ENROULES TA SERVIETTE AUTOUR DE LA TAILLE ...
... ET HOP !
LA BAIGNADE, C'EST LE BON MOMENT ! VA LUI PARLER !
TU CROIS ?
C'EST PAS FACILE ...
BEN OUI ... ON SE MET PRESQUE TOUT NUS ... ALORS, ON MET AUSSI SES SENTIMENTS À NU ...
... C'EST UNE MÉTAPHORE.
C'EST PÔ UN PEU MÉTA-TROP-FORT ?
TU VAS VERS ELLE ET TU LUI PARLES AVEC TON COEUR.
ÇA RISQUE PÔ D'ÊTRE TROP ... DIRECT ?
... AVEC TON COEUR **ET** DE LA FINESSE
ALLEZ, VIENS !
J'ARRIVE ...
GNNGNN DE SLIP !
GN
GN
ARH
GN
GAW
LÀ, C'EST TROP DIRECT.
Z.

ILS N'ONT PLUS L'AIR D'ÊTRE HYPER AMOUREUX ...
T'AS RAISON.
IL SE BAIGNE PÔ, RUFUS ?
IL A PEUR DE ROUILLER ?
HIHI
C'EST BON, ÇA ...
ENCHAÎNE AVEC TON COEUR QUI PARLE !
HEU ...
SPLASH
MÉGABOMBE !!!
WAHAHA !!!
C'EST COMPLÈTEMENT IRRESPONSABLE ! FAIS PAS ÇA À CÔTÉ DES ENFANTS !!
WOOO... ... MADAME LA CHIEUSE.
ÇA SENT CLAIREMENT LE SAPIN ENTRE EUX ! C'EST BON POUR TOI !!
MÉTA-FORT !!
LOUANNE... JE PEUX TE POSER UNE QUESTION ?
BIEN SÛR, TITEUF.
ÇA TE GÊNE, LA DIFFÉRENCE D'ÂGE ENTRE DES AMOUREUX ?
POURQUOI TU DEMANDES ÇA, MH ?
TU PENSES À QUELQU'UN ?
HEIN ? NON ... HEU ... C'EST PARCE QUE C'EST POUR UN COPAIN QUI VOULAIT SAVOIR SI HEU...
HIHIHI ! DÉTENDS-TOI !
J'AI COMPRIS.
AH ?
MAIS OUI.
STELLA A DEUX ANS DE MOINS QUE TOI ... CE N'EST RIEN DU TOUT.
COUCOU TITEUF.
AAAH
BISOU ?
NOOOOON !
T'AS PAS ÉTÉ ASSEZ DIRECT.
TITEUF !
Z.

LE DERNIER SOIR DE LA COLO, C'EST CELUI DE LA BOUM.
UN.. DEUX UN..DEUX
COLO DU BOIS DES OURS, ÊTES-VOUS PRÊTS À TOUT DONNEEEEEEER ?!
WÉÉÉÉÉÉ
T'ES SÉRIEUX ?
BOUM TCHAK PAKATCHAK BOUM BOUM
TU VAS PASSER LA SOIRÉE AUX TOILETTES ?
J'AI TOUT RATÉ AVEC LOUANNE ET MAINTENANT, Y'A MINIMEUF QUI ME HARCÈLE LE SLIP.
ALLEZ, VIENS !
...EN PLUS, JE SAIS PÔ QUI EST PASSÉ JUSTE AVANT, MAIS ÇA PUE LE CHOU-FLEUR ATOMIQUE !
OUAIS... BEN TU VAS FINIR PAR PRENDRE L'ODEUR ...
T'AS RAISON !
'FAUT QUE J'AFFRONTE MON DESTIN !
OUARK
TU PLEURES ?
C'EST L'ODEUR QUI ME PIQUE LES YEUX.
JE DOIS ASSUMER D'ÊTRE UN SEX-SYMBOL ...
J'PEUX PÔ LUTTER CONTRE ÇA !
T'ES TROP COURAGEUX.
ALLEZ, C'EST PART...
???
Z.

MINIMEUF QUI DANSE AVEC RONALDO !?!
BRAVO LA FIDÉLITÉ !
HEU...
SALUT STELLA.
C'EST DINGUE, ÇA !
TA SEX-SYMBOLITUDE DOIT ÊTRE EN PANNE...
LES COPAINS ! J'AI UN CRUSH AVEC STELLA !
VAZY, TE GÊNE PÔ.
ELLE A DES YEUX HYPER BEAUX !
C'EST VRAI QU'ELLE A DE JOLIS YEUX...
OUAIS
...MAIS MAINTENANT ILS NE VOIENT PLUS QUE RONALDO.
J'VAIS PÔ ME LAISSER ABATTRE ! J'VAIS INVITER LOUANNE !
BANZAÏ !
PARDON
PARDON
PARDON
ET MAINTENANT... LES SLOWS !!!
CHOISISSEZ VOTRE PARTENAIRE !
BANG !
LOVE IS LOVE OH
PARD...
TITEUF ?
TU VOULAIS DANSER AVEC MOI ?
IS LOVE
THÉRÈSE,
NON, JE...
HIHIHI T'ES TROP CHOU !
SHRIMP
TITEUF...
TU SAIS...
...C'EST LE MEILLEUR CAMP DE JEUX VIDÉO QUE J'AIE FAIT !
THÉRÈSE...
C'EST PÔ UN CAMP DE...
PFF...
LAISSE TOMBER.
Z.

EN PLUS...
... T'AS RAISON.
... C'ÉTAIT TROP BIEN !
T'ES PÔ EN TRAIN DE TOMBER AMOUREUSE DE MOI, LÀ ?
HI HI
T'ES BÊTE !
ON PEUT PAS ÊTRE AMOUREUX ...
ON EST COPAINS.
AH BEN OUI...
C'EST VRAI.
I SHRIMP U MY
SNUF
TU SENS BIZARRE, NON ?
HEIN ?
C'EST TON PARFUM ?
JE SENS QUOI ?
... ÇA RESSEMBLE À L'ODEUR DES TOILETTES.
ATTENTIOON ...
CHANGEMENT DE PARTENAIRE !!
LOUAAANNE !
JE DANSE AVEC LOUANNE...
JE DANSE AVEC LOUANNE !
... ET AVEC MOI.
TUGUDU
DU COUP, ON A GAGNÉ LE PARI TOUS LES DEUX.
... OUAIS
KIFFE LE KIFF
Z.

ON PARTAGE UNE SAUTERELLE ?

ET TU L'AS VRAIMENT MANGÉE ?
BEN OUAIS.
3
J'AI MANGÉ LA TÊTE ET LUI, IL A MANGÉ LES FESSES.
DÉGUEU !
BEN NON. SHIRLEY AVAIT RAISON : C'EST PÔ MAUVAIS.
MÊME "TWÈS BÔN".
BUÈRK !
ALORS, LES GARÇONS... C'ÉTAIT COMMENT ?
GÉNIAL !
OUAIS !
SALUT TITEUF.
TCHÔ ANTHONY.
AH ! TU T'ES FAIT DES COPAINS ...
TLAK
LUI, C'ÉTAIT PÔ UN COPAIN. ON EST JUSTE FRÈRES DE SAUTERELLE.
AH ?
TU NOUS ATTENDS ? ON VA DIRE AU REVOIR.
OK...
TCHÔ JIMMY !
À LA PROCHAINE.
KLAK
KLAP
GLP
HEU ...
SALUT LOUANNE.
UN BISOU ?
JE VEUX B...
SMOUTCH

ON SE MARIE DANS DIX ANS, D'ACCORD ?
HIHI D'ACCORD.
GLP
ELLE A DIT ÇA POUR RIGOLER.
JE SAIS.
NON, MAIS JE PRÉCISE... POUR PAS QUE TU TE FASSES UN FILM.
C'EST BON - J'AI COMPRIS.
ALORS ? VOUS ME RACONTEZ ?
STONE MOUNTAIN 2
BEN... IL S'EST PASSÉ PLEIN DE TRUCS...
ON A FAILLI ÊTRE MANGÉS PAR DES OURS.
DES OURS ?!
OUAIS, MAIS ILS AVAIENT TOUS DISPARU.
AVEC LE WIFI.
ET APRÈS, ON EST DEVENUS MILLIONNAIRES.
MILLIONNAIRES ?!
... ET PUIS ON A TOUT PERDU.
MAIS ON A COMPRIS QUE LE VRAI TRÉSOR C'ÉTAIT L'AMITIÉ.
HUM
DIS DONC, ÇA EN FAIT, DES AVENTURES !
ET AUSSI ON A FAIT DU YOGA-DU-TROU-DE-BALLE ET ON A MANGÉ DES SAUTERELLES...
MAIS PAS MOI.
EH BEEEN...
ET AUSSI...
... UNE MONITRICE VEUT SE MARIER AVEC MOI.
QUOI ?
OUI, MAIS C'ÉTAIT POUR RIRE.
JE SAIS !
RÔH LÀ LÀ...
K-RBON
BABY BOARD

BEN QUOI ?!
PFFF...
MANU, C'EST PÔ TOUJOURS UN TRÉSOR.
fin